APPRENT

GASTON
MONTRE
ET RACONTE

Charnan Simon
Illustrations de Gary Bialke
Texte français de Louise Binette

Éditions
SCHOLASTIC

Pour Millie, Maude et Riley,
qui savent si bien se conduire à l'école
— C.S.

Pour Mme Shlobotnik,
qui disait toujours que j'allais exceller en « sieste »
— G.B.

Catalogage avant publication de Bibliothèque
et Archives Canada

Simon, Charnan
Gaston montre et raconte / Charnan Simon;
illustrations de Gary Bialke;
texte français de Louise Binette.

(Apprentis lecteurs)
Traduction de : Show-and-tell Sam.
Pour les 3-6 ans.
ISBN-13 : 978-0-545-99800-0
ISBN-10 : 0-545-99800-X

I. Bialke, Gary II. Binette, Louise III. Titre.
IV. Collection.

PZ23.S545Gasto 2007   j813'.54   C2006-906085-1

Édition publiée par les Éditions Scholastic,
604, rue King Ouest, Toronto (Ontario) M5V 1E1.

5 4 3 2 1   Imprimé au Canada   07 08 09 10 11

Gaston, le chien d'Annie, s'en va à l'école.

— Je vais te présenter à ma classe,
dit Annie.

6

Il montre à Annie
un raccourci vers l'école...

et court rejoindre la file devant la porte.

Gaston montre aux élèves comment il peint...

13

et comment il taille
les crayons.

15

les têtards,

et, surtout,
la pause-collation!

25

Gaston va toujours à l'école.

Mais la pause collation lui manque!

31

LISTE DE MOTS

a	devant	la	raccourci
à	dit	le	rejoindre
aime	dressage	les	rentrer
Annie	école	leur	surtout
arriver	élèves	lui	taille
aussi	elle	ma	te
aux	en	mais	temps
bien	enseignante	manque	têtards
chant	est	montre	toujours
chien	et	pause-collation	très
chiens	étage	peint	un
classe	file	point	va
comment	Gaston	porte	vais
court	hâte	présenter	vers
crayons	il	que	voit
de	je	quel	